KB118187

아름답고 쓸모없기를
김민정 시집

문학동네시인선 084 김민정

아름답고 쓸모없기를

시인의 말

시는 내가 못 쓸 때 시 같았다.
시는 내가 안 쓸 때 비로소 시 같았다.

그랬다.
그랬는데,

시도 없이
시집 탐이 너무 났다.

탐은 벽(癖)인데
그 벽이 이 벽(壁)이 아니더라도
문(文)은 문(門)이라서
한 번은 더 열어보고 싶었다.

세번째이고
서른세 편의 시.

삼은 삼삼하니까.

2016년 6월
김민정

차례

아름답고 쓸모없기를

지지난 겨울 경북 울진에서 돌을 주웠다
닭장 속에서 달걀을 꺼내듯
너는 조심스럽게 돌을 집어들었다
속살을 발리고 난 대게 다리 두 개가
V자 안테나처럼 돌의 양옆 모래 속에 꽂혀 있었다
눈사람의 몸통 같은 돌이었다
야호 하고 만세를 부르는 돌이었다

물을 채운 은빛 대야 속에 돌을 담그고
들여다보며 며칠을 지냈는가 하면
물을 버린 은빛 대야 속에 돌을 놔두고
들여다보며 며칠을 지내기도 했다

먹빛이었다가 흰빛이었다가
밤이었다가 낮이었다가
사과 쪼개듯 시간을 반토막 낼 줄 아는
유일한 칼날이 실은 돌이었다
필요할 땐 주먹처럼 쥐라던 돌이었다
네게 던져진 적은 없으나
네게 물려본 적은 있는 돌이었다
제모로 면도가 불필요해진 턱주가리처럼
밋밋한 남성성을 오래 쓰다듬게 해서
물이 나오게도 하는 돌이었다

한창때의 우리들이라면
없을 수 없는 물이잖아, 안 그래?

물은 죽은 사람이 하고 있는 얼굴을 몰라서
해도 해도 영 개운해질 수가 없는 게 세수라며
돌 위에 세숫비누를 올려둔 건 너였다
김을 담은 플라스틱 밀폐용기 뚜껑 위에
김이 나갈까 돌을 얹어둔 건 나였다
돌의 쓰임을 두고 머리를 맞대던 순간이
그러고 보면 사랑이었다

수단과 방법으로 배워갑니다

아빠 김연회의 메일
오랜만에 아주 오랜만에
하인천 밴댕이집에 가서
밴댕이구이와 간자미무침으로 저녁을 먹다
밴댕이는 연탄불에 구워먹는 그 맛인데
이제는 미리 구워서 나온다

시인 장철문의 카톡
근데 말이여, 내가 존하는
돌아가신 미얀마 큰스님이 그랬어
너를 바꾸는 게 쉽냐
남을 바꾸는 게 쉽냐

화가 차규선의 문자
별 규 착할 선이에요
초상화 잘 그리는데
이제 손이 둔해
그 사람의 마음만 그려요

편집자 황예인과의 채팅
─나 〈대감놀이〉 듣는다
─언니 대감 복장도 어쩐지 어울리심
─굿 듣고 싶어 미치겠다 밤새 틀어놔

—무당 기운이 흐르나봐요 옆집에서 안 무서워하게 살살 틀어놔요

—요령 흔들고 싶고 장구도 치고 싶고

—요령 어서 구할 수 있지? 뭔가 해소해보아요

—요령 사고 싶다 진짜

—뒤져보니 방울처럼 생긴 건 안 나오고 종처럼 생긴 것만 나오네요

—엥? 어디서 파냐 이러다 작두도 사겠어, 나

—http://shopping.naver.com/search/all_search.nhn?query=%EC%9A%94%EB%A0%B9&cat_id=&frm=NVSHATC&nlu=true

—쥐마켓과 11번가에서 요령 파는 세상

—나 이 구절 시로 써도 되냐

—언니와 나눈 대화…… 언니 다 가져요……

—가져요? 어제 쓴 시에 들어 있는 단어인데

—우앙

—먹어요 식어요 가져요 나요

—언니 시집 빨리 묶어요

—응 그럴라고

—색깔은 뭘로 하나요

—아직 모르지

—예쁜 귤색 거기에 귤 이파리 청록색 언니 초록색 잘 어울릴 거 같은뎅

—나 진짜 녹색 안 어울려 고집스러운 색이 녹색이야

—왜 그렇지…… 그런 건 어케 알아여?

—느낌이 그냥 팍 와

—전 그런 걸 잘 모르겠어여 ㅎㅎ 때 잘 안 타는 옷만 입게 됨 ㅋㅋㅋ

—몸에 대면 딱 답이 나와

—우앙 나중에 저도 알려주세여…… 나의 컬러……

—고집스러운 컬러 함께 나누자

—시집 만들어보고 싶음……

—네가 만들어줘라 그럼!

우수의 소야곡

뭐해?
칼 갈아
무슨 일 있어?
칼 간다니까
내가 뭐 잘못했어?
칼 가는데 뭔 헛소리야
칼을 간다니까 그러지
나는 숫돌에 칼도 갈면 안 돼?
숫돌 산 거 왜 나는 몰랐을까
호미랑 낫이랑 개줄도 사왔다 어쩔래
안 물을게 마저 칼이나 더 갈아라
안 갈리는데 가서 칼이나 더 사오든가

타고난 끼냐 장기냐 숨은 재능의 여부를
어쩌다 식칼 가는 데서 되찾아버린
그녀가 그년으로 불리기까지
딱 한 사람
딱한 사람만
지졌다가
지쳤다가

우리 이러지 말자

춘분 하면 춘수

머리가 희게 센 할머니가
매실차 세 잔을 탁자에 놓고 갔다
사모님은 아니라고 했다
잔의 크기며 모양새가 제각각이었는데
서두르는 이가 없어
가장 큰 잔을 내가 들었다
뜨시지도 차지도 않았다

선생은 거실 창을 한참이나 쳐다보시었다
일행으로 동행한 사진작가나 나나
셋이 다가 초면이었던 만큼
선생을 따라 한방향을 바라보는 일이
그럭저럭 예의 같아 그리하였다

넓적한 갈색 뿔테안경 너머 깡마른 선생은
손잡이 없는 작은 표주박과 닮아 있었다
작고 오목한 것이
애초에 물을 퍼낼 용도가 아니라
전주한지박물관에 진열되어 있던
철제 금속으로 형을 뜬 장식용 박 같았다

─아내가 아프오

물 쟁반을 든 할머니가 안방 문을 열었을 때
나는 직사각형으로 드러누운 푹 꺼진 보료를 보았다
흙만이 사각형의 기억을 갖고 있는 건 아니구나*
이불과 베개도 네모라서 네모라고 메모하는 참인데

—어쩌면 좋소
　아내가 할 줄 아니 나는 평생
　은행 한 번을 안 갔겠지 않소
　나는 그만 아주 큰일이 났소

나는 들고 간 민음사판 『김춘수 시전집』에서
선생의 시 「은종이」에 끼워뒀던
은색 껌종이를 꺼내어 접었다 폈다,
사지 달린 은색 거북이 한 마리
댁네 탁자에 놓아두고 왔다

훗날 선생은 1999년 4월 5일 새벽 5시경이라
아내의 임종을 기억해내시었다

우리가 처음 본 게 언제였더라?
오랜만에 만난 사진작가와 술잔을 기울이다
1999년 이른 봄쯤이라는 계산을 마치는 데는
선생의 아내 사랑이 컸다

그럼 쓰나

만나보라는 남자가 82년생 개띠라고 했다. 나보다 여섯 살이나 어린 핏덩인데요. 이거 왜 이래 영계 좋아하면서. 젖비린내 딱 질색이거든요. 이래 봬도 개가 아다라시야, 아다라시. 두툼한 회 한 점을 집어 우물우물 씹는데 어느 대학의 교수씩이나 하는 그가 내게 되물었다. 아나, 아다라시? 무슨 쓰키다시 같은 건가요? 일본어 잘 몰라서요. 왜 그래 아마추어같이. 그들은 웃었고 그들은 소주잔에 젓가락을 찍어 숯이니 숫이니 히로키에게 써 보였고 얌전한 히로키는 빨개진 얼굴이더니 고개를 푹 숙여버리는 일로 그들과의 대화에서 조용히 빠져나갔다. 동경대에서 교환학생으로 와 공부를 했다는 동갑내기 히로키와는 가끔 만나 커피 마시며 시 얘기를 하는 사이인데 그는 윤동주의 시를 나보다 더 많이 외우고 나보다 더 많이 베껴본 터라 내가 모르는 윤동주의 시를 토론의 주제로 삼곤 하여서 내게 반강제적으로 송우혜 선생의 『윤동주 평전』을 사게도 하였는데 그런 그가 한국에 와 처음 배운 단어는 밤도 아니고 별도 아니고 바람도 아니고 자지라 했다. 자라고 할 때는 자지, 보라고 할 때는 보지. 그렇지. 그건 맞지. 그래서 우리말 번역이 어렵다는 얘기지. 누가 저 문장을 히로키에게 가르쳤는지는 모르겠으나 웃음기 없이 술자리도 아닌 데서 듣는 아랫도리 사정이다보니 참으로 거시기하여 거시기하구나 하는데 그 거시기가 뭐냐 물으니 그러니까 나는 합치면 자보자라 하여 권유형의 자보지가 된다며 뻘쭘하니 한술 더 뜨고 앉아 있을 수밖에 없던 것이었다.

엊그제 곡우

4월 16일
어디서 왔는지 모를 내 새끼가
어딘지 모를 그곳으로 갔다
……내가 침묵하는 거
너 혹시 들었니?……

5월 6일
우리 이모가 죽었는데
너희 이모도 죽었구나
죽은 이모 둘을 놓고
살은 여자 둘이서
담배를 물었다 빤다
빨아서 향로 앞에 놓는다

— 형부는 세상 빨고 빠는 일 중에
  좆 빠는 일이 가장 쉽고
  브라자 빠는 일이 가장 어렵다 하셨어
— 형부가 나 키웠는데
  나 없으니 우리 형부가 우네
  산 자의 곡이 귀신도 곡할 곡이네

죽어버린 이모 둘이서
살아버린 조카 둘이 빨던 담배를

사이좋게 나눠 빠니까
담배도 결국엔 없던 것이 된다
검은 정사각형의
그
없음

4월 16일
네 생일인데 네가 없구나
그리움을 드리움이라 썼다가
유치해서 빡빡 지운다지만
네가 없구나 애야,
네 생일인데 나만 있는 건 성가심이니 대략
아주 착한 나쁜 사람들이라 해두자
늙은 곡예사가 기괴하게 휘두르던 채찍에
매일같이 맞던 아기 코끼리가 너라고 해두자
어미 코끼리가 되어서도 잊지는 말자
지폐를 줍느라 등 구부린 곡예사의 척추를
보란듯이 밟고 지나간대도 그건 너만의 재주니까
보무도 당당하게 당연한 일이라고 해두자
뼈가 내는 아작 소리를 아삭하게 묘사해야
고통에서 고통으로 고통이 전해질 수 있는 거니까

—

4월 20일
어쨌거나 네가 갔으니
당분간 나는 안 가겠다
이 정도로 우리 서로 세계를 나눠 가졌으니
그 단어의 그것도 잠시 잠이 들지 않겠나
자자, 자, 자……

—

시의 한 연구

캐나다 사시는 박상륭 선생께서 한국에 들어올 때면 머무시던 댁이 광화문에 있을 적의 얘긴데 초대를 받아 찾아간 것이 토요일 이른 점심의 일이었고 사모님이 해주신 스파게티를 먹고 마신 술이라 하면 두 발로 걸어들어간 이들이 네 발로 기어다니는 진풍경으로 셀 수 없는 술병으로 가늠해보게 되는바, 해도 떨어지기 전에 허둥지둥 현관에서 신을 신긴 신는데 신은 좀처럼 신겨지지 않고 자꾸만 신을 구기는 뒤꿈치를 간신히 구두 속에 끼워넣고 서기는 섰다만 담배를 입에 문 선생이 바로 내 앞에 서 계시었고 나는 선생의 얼굴에서 왜 갑자기 참마를 떠올렸는지는 모르겠으나 참마 거품 같은 담배 연기를 물리시고 난 뒤 선생께서 불현듯 저 푸른 초원 위에 늘 푸른 소나무 같은 시는 절대로 쓰지 마십지비 당부하시니 나는 텔레비전 정규방송이 끝나면 어김없이 흘러나오는 애국가를 처음부터 끝까지 듣고 보는 참을성을 일단은 배워볼 수가 있었는데 그게 역설이냐 하면 그건 잘 모르겠고 시심이 전심이라고 알라딘 검색창에 시론이라 쳐보니까 일단 1,332권이 뜨기는 했더랬다.

봄나물 다량 입하라기에

있을 때 사둔다
무침으로도 버무리고 국으로도 끓이고
죽으로도 불린다
봄이 가면 냉이는 잡초 따위라지 않는가

봄처녀도 아니면서
나물 이름 보고 나물 이름 따라 읽는
한글 떼는 중에 아이도 아니면서
애나 개가 생기면 아꼈다 불러야지
지천으로 나물향이나 퍼뜨릴 욕심으로

냉이는 왜 냉일까요
그러거나 말거나 부르면 명찰이지
냉이야 쑥아 달래야 두릅아
개중 씀바귀는 씀바귀야 씀박아
호명으론 좀 씁싸래해서 별로다 싶고
손맛보다는 이름맛이 나물맛이라
국산 냉이 두 움큼 크게 집어
달아주십사 하니 2,960원

산에 가 뜯어봐야 알까나
장에 가 팔아봐야 알까나
싼 건지 비싼 건지 도통 가늠이 안 되는

냉이더미를 놓고 나물값을 매기는
플러스마트 나물 코너 아저씨가
조끼 주머니에서 휴대폰을 꺼내들 적에

냉이는 그냥 냉이네요
한자로는 제채라 부른다는데
보니까 겨잣과에 속한 두해살이풀이래요
겨자는 노랭인데 냉이 어디가 노란가
5월에서 6월에 흰 꽃이 핀다는데
아무리 봐도 그건 나도 모르겠네요

계산대 뒤로 줄 선 나를 끝끝내 찾아와
휴대폰 속 두산백과에 뜬 냉이를
굳이 보여줄 필요까지는 없었는데
그러한 아저씨의 친절이
내일의 시나 될까 싶었는데

저기 저참으로 간 아저씨의
손으로 코 푸는 소리 들린다

들고 나는 사랑의 패턴

능동형: 그대로 좋아
애 섰어?
애썼구나!
신체가 신났습니다
최장사네 닭집에서
두 다리를 한 다리씩 나눠 먹고 배부릅니다

수동형: 답십리 여자
비를 샀다
손잡이가 나무 재질이다
모가 무뎌지면 버려야 하는
비의 닳음과 달리
쓰레받기는 처음 샀던 그 물건 그대로다
가만두면 가만있는 스타일
가만있으니까 그런가보다 그래지는 스타일
겨자인데 색이 좀 바래니까
형광
머스터드소스 사온 날 나란히 놓고
폴라로이드 카메라로 사진 한 장 찍어
냉장고에 붙여놓기는 하였는데
그간 자석으로 눌러놓아온 마음에 대해서는
말이 되는지를 모르겠다
포장이사 다섯 번 하는 동안

다섯 번 다 뽁뽁이에 내가 직접 쌌다
자석이랑 사진이랑 한세트로 돌돌 말아
그 전날 밤 잔금 치르는 핸드백에 넣어두길
다섯 번
손가락이 열이어서 의리도 그쯤이라는 셈은
계산기로는 할 수 없는 산수라서
나는 두 손에 두 발을 더해
세면대에 들이미는 깔끔함으로
새집 구석구석을 비질해나가기 시작했다
발가락도 열이란 게 실은
애달프기 좋을 만한 의리란 걸 알기는 안다만
어쨌거나 못된 새끼
개새끼
근데 너 키운 건 나니
말해 또 뭣해

자동형: 꼬시지 마
의자
    앉자
        안자
            안 자

피동형: 우습게 보면 안 됩니다
사랑도 일종의 달리자는 이야기
스타트가 있고 라스트가 있다는 이야기
혼자 뛸 때도 있고 둘이 뛸 때도 있는데
셋이 뛸 때 더 박진감이 넘친다는 이야기
금과 은과 동의 메달 순위가 결정될 때
스리섬을 들키듯
더더욱 아찔하고 아슬아슬해진다는 이야기

와중에
불평등하대도 어쩔 수 없다 뭐
계주라는 이어달리기를
육상의 정식 종목으로 채택한 것이
우리니까

같은 팀인 우리
팀워크를 자랑해야 하는 우리
나 받아서 너 주고
너 받아서 쟤 줘야 하는 룰
내가 쟤 좋다고
너 제치고 쟤한테 달려가면
그야말로 코미디
실격이야 당연한 수순이라 치더라도

왜라는 질문을 피해갈 순 없겠지

사랑에 국경은 없지만
사랑에 공식은 있어서
어쨌든 막힌 홀을 앞에 두고
뚫어져라 골프공으로 파를 치지는 않잖아

국가대표급 경기장 아니고서는
보통 흰 줄 한 줄이 결승선을 좌우하지
딱 한 사람 닿고 나면 끈은 곧 끝이라고
꼭 한 번 말해주고 싶었는데
수갑 찬 스토커가 체포되고 있다

알뜰폰을 써왔다는 62세의 남성
살뜰폰이라는 네이밍이 아쉬워지는 장면이다

망종

하트는 이상해
너 주려고 보낸 건데
내 눈이 되어 반짝이지
그렇다고 나를 앵두라 부르지는 마
네 고양이 이름이 앵두라서
내가 앵두인 게 나는 좋겠니
앵두가 싼 계절이라고 나도 싸겠니
바닷가 모래밭 파라솔 아래
얼린 블루베리를 티스푼으로 떠서
아이들 입에 넣어주는 엄마들
소풍 나오셨나봐요
아뇨 계 왔는데요
오야라는 여자의 보랏빛 이는 참 커서
버찌처럼 통통하다니까 너는 안 믿어
나를 앵두라고 부르는 주제에
앵두나무 우물가에 바람난 동네 처녀가
나라고 착각이나 하는 주제에
불리하면 두 손으로 얼굴을 가려버리는
애매한 네 습관에 나는 또 져버리지
희고 가느다란 네 열 손가락
이 빌어먹을 자위기구가 좃같이 비싸단 말씀이야
투덜거려봤자 아이들은 하나같이 다 예뻐
바닷물 속으로 잔뜩 허리 굽혀 있다가

집어든 그것을 하늘 높이 던지며 외치지
별 같지 엄마? 별이야 엄마!
물에 젖은 스커트가 너무 무거워
열두 폭 치마폭에 담을 수는 없었지만
떨어진 별은 더이상 별이 아니니까
나는 지금 꾸둑꾸둑 저 혼자 말라가는
빨간 불가사리에 낀 먼지나
후후 불어 터는 참이지
뚫린 구멍 제로여
어디에나 고리는 또 있지 않겠나

오늘 하지

두 대의 택시가 횡단보도 앞에 나란히 선다
오후 2시께
꽃무늬 양산 그늘 몇이 퍽도 느리게 길을 간다
그 늙음과 그 느림을 견디기 위해 아저씨들은
있다
수컷은 그때 그 순간에 잘도 자라기 위해 뭔가
아껴두는 모자람이 늘 있는 모양이다

어째서 그런지 내가 용케도 알아버린 건
운전석 유리창을 동시에 내리는 아저씨들이
있다 있어서였다
수컷은 그때 그 순간에 잘도 싸기 위해 뭔가
참아주는 의뭉함이 늘 있는 모양이다

—어디 가냐
—집에 간다
—대낮부터 마누라 너무 조지지 말고
—해수탕 가고 없다 내 마누라
—그럼 디비 자라 딸딸이 졸라 쳐대지 말고
—손님 카드 긁을 힘도 없다 이 씹새끼야

아, 그리고 헤어지나요

신호가 바뀌기 무섭게 제 갈 길을 가는 파주콜
기적의 한강콜도 있고 무난한 일산콜도 있지만
그보다는 나주에서 불러본 주몽콜이 좋았다
나주의 대표 콜택시 주몽콜은
무언가 되게 만들어주는 느낌이었다

주몽이라는 말이 지구의 것인가 하면
전문가들이 그렇다니까 그렇다손 치더라도
주몽도 공정하게 몽정은 했을 거니까
기사 아저씨 사타구니께 벅벅 긁는 소리에
잠시 귀를 빌려주기는 한다만 뭐 아주 적당히
1588-8910 그때 그 명함의 고딕체
다신 없을 것 같은 얽힘의 곧음 그 믿음으로

시집 세계의 파편들

첫 장면
중국 샤먼에서 시인 안치와 대담을 했다
그녀는 나보다 일곱 살이 위였다
당신은 닭띠이고 나는 용띠라며 알은척을 했다
입 좀 풀자고 한 얘기였는데 그녀가 쎙을 깠다
아무리 내가 병신 같은 년이라지만
자존심이 아니라 애국심이 문제 같았다
그녀는 자신이 페미니스트라며
너는 페미니스트가 아니냐고 반문했다
짠 년에 촌년에 센 년이 어떻게 중국어로 전해졌는지
실력 좋은 통역이라더니 거침이 없었다
그녀라면 총애할 법한 단어들 가운데 합의를 본
자매애…… 함께 화장실을 가도 괜찮다는 사이라니까
우리는 재래식 와변기마다 쪼그려앉을 수 있었다
고요 또 고요 연이은 고요
어떤 망설임이 우리의 조준을 이토록 길게 끄는지
앞서거니 뒤서다가 결국엔 너 터지고 나 섞이는 소리
쏴—
죽어도 오줌발로는 지고 싶지가 않았다
3박 4일 동안 족히 서너 번쯤은 됐을 거다
그녀는 모를, 나만 아는
그녀와 나만의 오줌발 내기
문제는 솔직함이 아니라 유치함 같았다

비약 삐약

저거 쇼 아니야? 할 만큼 커다란 흑인 남자의 자지가 저
거 쇼 아니네! 할 만큼 커다란 백인 여자의 두 젖퉁이 사이
에 끼어 있다 오, 자니, 자니, 남자를 부르는 여자의 목소리
가 점점 더 격해지더니 오, 짜니, 짜니, 여자가 부르는 남자
의 이름에 소금기 가득이다 싸구려 모텔마다 침대 머리맡에
생수 두 병씩 왜 놓여 있는가 하면 팔팔 끓였다 식힌 보리차
로 꼭 자리끼를 삼던 할머니가 모처럼 만에 여한이랄 게 없
다며 당장에 정수기부터 들여놓은 연유렷다 그랬다 할아버
지는 평생 할머니에게 존대했다 존댓말을 주고받으며 나누
는 섹스가 모르긴 몰라도 엄마를 태어나게는 했으니 성분
이야 무슨 의심이겠느냐만 임종 직전의 할아버지 눈에서는
연신 눈물이 흘러내렸다 할아버지 눈떠 할머니는 지금 병원
앞 식당에서 한우 굽는대 쌈도 크대 가식적인 예의도 술 앞
에서야 무슨 장사일까 할아버지 발길질은 늘 곱사등이 할머
니의 혹 달린 등을 향했는데 누가 시켜서 억지로 한 결혼인
것도 맞고 그래서 억울한 것도 이해는 한다만 할머니가 역
시 갑이라는 건 대략 이런 대목에서였다 또 저런다 또 저렇
게 병신 같은 년이란다 아고 지겨워라 여보 내가 수도 없이
말했잖수 나는 병신 같은 게 아니라 진짜 병신이라고 내가
골백번도 더 말하지 않았수 달린 입으로 말은 바로 하랬다
고 제발 그 '같은' 좀 빼시구랴

젖은 마음

어디선가 따귀가 날아들었다 얼굴이 돌아갔다 180도라면 호소해봤을 텐데 360도였다 한번 꼬인 목은 꽈배기 축에도 못 꼈다 이해받을 수 없는 통증이라면 혼자 꾹 참는 게 나았다 병신 같은 년이란 욕을 먹었다 그보다 더 정확할 수는 없어서 배시시 웃었다

운 같은 것

보도블록 틈새에 낀 그것이
그렇게 반짝일 줄은 몰랐다
한 짝의 쇠젓가락
용케도 제 몸 누일 틈을 비집고
길게 다리를 뻗었겠으나
나는 홍콩반점 자장면 그릇에
실수로 섞여 보냈을 게 빤한
내 쇠젓가락 한 짝만을 생각했다
술에 취한 남자가 어깨를 툭 쳤다
이불집 간판을 빤히 올려다볼 때였다
야, 이 병신 같은 년아 뭘 야려?
꽃자리를 왜 꽃자지로 읽었을까마는
찌른다고 해서 죄다 무기가 되는 게 아니란 걸
이미 알아버린 마흔이었다

이별 장면

우리는 남자와 여자여서 함께 잠을 잤다
방은 하나
침대는 둘
양말은 셋
(여자는 손수건 대신 양말 한 짝으로 코를 풀었다지 아마)

잠은 홀수여서 한갓졌다
발이 시리니 잠이 안 왔다
깨어 있으려니 더 추웠다

호텔 체크아웃을 누가 할 것인가
숙박 요금이 3일 치나 쌓였으니
이쯤 되면 폭발적인 곁눈질이다

시를 재는 열두 시간

라텍스 위에 배 깔고 누워
똥꼬에 못 하나 못 두 개
별별 별 따위나 세는 자정
성욕 제로에 방점 콕 찍게 만드는
젖퉁이 큰 거구의 백인 남자가
위층에서 연신 검은 볼링공을 투하시켜도
도통 살이 안 파이는 매트리스 광고나
돌려 보는 밤 이
밤에
빨간 장작더미 위로 꼬챙이에 꿰여
지글지글 돌아가는 닭들의 합창
이게 무슨 닭털 뜯는 소리냐
닭똥집에 모래 까부수는 소리냐
이해가 안 되겠지만
식욕 백 퍼센트로 무장하고서
24시간 나주곰탕집에서
뚝배기에 담았다 쏟았다
토렴하여 모은 국물은 참 말개
깊이 기다려야 가까스로 우리
달궈질 수 있음을
비운 깍두기 네 접시를 옆에 쌓아가며
밀감색 입술로 나는
육우의 잘린 젖퉁이나 건져 씹으며

육감적인 스툴이란 제목의
국자 모양 의자를 스케치해두었다
조간신문에 튄 밥알
중국산 벽지에 붙은 밥풀딱지
때로는 탁자 밑에 눌린 코딱지를 소재로
시를 쓰는 새벽 이
새벽에
나무 위로 참새 한 마리
나무 위로 까치 한 마리 날아들자
푸다닥 내빼버린다
누가 시킨 독창일까
시시해진 새소리를 가만
들어주고 있음의 태만
손톱이나 깎겠다고 하룻밤 새 면면에다
A4용지나 깔아뒀던 참이다
여성지용 권두에세이에나 실릴 법한
시를 쓰는 아침 이
아침에
사방팔방 튀어버린 손톱 함께 구겨서
A4용지나 싹 갖다버리고 있는 것이다
짜네 짜구나 입이 짜디짠 것은
아침해가 소태맛이기 때문이다
다네 달아라 양치가 다디단 것은

골라든 소주가 복숭아맛이기 때문이다
짜고도 다니까 매운불닭맛 삼각김밥 사러
편의점 기어나가는 정오 이
정오에
이들 저들 바삐들 오고가고 그렇게들
있다가 또 없어지는 게 사람이니까 나는
집에나 가서 잠이나 퍼 자는 것이다
등갈비 잰답시고 장에 간 엄마가
나를 깨우는데
시고 나발이고 일단 양파나 좀 까라고

냄새란 유행에 뒤떨어지는 것

장미만 파는 꽃집 옆 분식 포장마차에서
잘게 썬 돼지 살점을 이쑤시개에 꽂아
자요, 먹어요, 식어요,
맛보라던 아줌마의 앞치마가
노랗게 쩌들어 있었다
노랑이 쩌들면 누런 더러움인데
쩌들어 깨끗해지는 건 노란 옥수수라
솥에서 펄펄 익고 있는데
간만 먹는 내가
소금은 털고
남의 간이나 씹는 내 앞에서
아줌마가 레모나 빈 껍데기로 이를 쑤시었다
이가 썩었나 이 사이에 뭐가 꼈나
잇새를 파는데 끼룩끼룩 소리가 났다
종이컵으로 입 한 번 헹구더니
아줌마가 레모나 빈 껍데기로 다시금 이를 쑤시었다
레모나 빈 껍데기 그 끄트머리에
뾰족한 압침처럼 박혀 있을 냄새여
혹여 짐작이나 하시려나
당신이 이 쑤시던 이쑤시개를
내 코에 갖다 대지만 않았어도
자요, 식어요, 나요,
당신과 자주는 일쯤은

밤에 뜨는 여인들

1
바다에 뛰어든 흰 남방처럼
희부연 해파리가 붕붕
떠다니는 밤
종이 울리고
바람이 불었다
눈이 내렸지만
눈송이라 하기에
바다에 뛰어든 흰 남방처럼
희부연 해파리는
좀 컸고
그 수가 점점 불어나
집집마다
빨랫줄에
아파트 베란다 행어에
슬며시 내려앉기에 이르렀다
혹자는 대설주의보라 했고
잽싸게 그걸 싸고 그걸 닦은
증거라고도 말했으며
윗집에서 쏟아버린 순두부를
고스란히 뒤집어쓴 티셔츠일까,
코를 대고 흡흡
냄새를 맡기도 했다

부드럽고 아주 친절한 스밈
그래서 빨리기 바빴던
수많은 유방들의 속사정
아프다
몹시 문란하지 않으면
가족은 탄생할 수 없다
창문 저 밖
남의 가정은 다 안락해 보이고
창문 저 안
나의 가정은 다 안락사로 보이듯
그 순간 미처 걷지 못한
불쌍한 빨래들이
백기처럼
펄럭펄럭
손을 흔든다
꼭 엄마 같은 그림자다
이 깜깜한 밤
기어이
청기를 찾겠다고 나갔다가
여태 안 돌아오는,

2
저것은 호빵이다

호빵이 쪄지고 있다
레이스 잠옷을 입은 한 소녀가
폴폴 연기가 새어나오는
통 앞에서
호빵을 기다리는 셈이다
팔목에 묶인 건 흰색 브래지어
우윳빛
시큼한
소녀의 냄새가
퀴퀴하다
필시 덜 마른 옷가지를
호주머니 속에 넣고
오래 조몰락거렸을 때의
취(臭)다
한 사람이 지나갔다
그를 따라갔던 소녀다
아프다
몹시 문란하지 않으면
사랑은 탄생할 수 없다
또 한 사람이 지나갔다
그를 또 따라갔던 소녀가
맨드라미 붉게 수놓인
카디건의 두 팔을

목에 묶고 온 것은
왜일까?
저것은 유방이다
유방이 뜨거워지고 있다
심장을 덥히는 소녀만의
묘책
심장을 감싸는 소녀만의
혹은,
들림
뒤축 꺾인 흰색 아식스 운동화에
발 넣은 모양 그대로
신겨져 있던 발목
휴거를 믿는 것도 아니면서
달랑
남겨두었다
잘 보세요
재미있지 않아요?
바람 한 점 없는데
레이스 잠옷을 입은 한 소녀의
카디건이
허공중에 붕 뜬다
꼭 엄마 같은 그림자다
맨드라미 진하게 꽃 핀

양탄자를 턴다고 나갔다가
　　　여태 안 돌아오는,

　　　3
　　　저것은 참외다
　　　달게 좋으니까
　　　칼로 한번 깎아보라고 했다
　　　시원스레 사각사각
　　　참외 깎는 소리인가 하였는데
　　　참외가 곯았다
　　　곯은 참외의 맛은 왜
　　　구리다고 표현할까
　　　익은 참외의 맛은 왜
　　　안 구리다가 아니라
　　　꿀일까
　　　어느 여름날 아침
　　　아들이 자고 있는 여자의
　　　침대 위로 뛰어들며 말했다
　　　꺼져!
　　　네가 싫어! 젤로 구려!
　　　여자는 잠에서 깨었고
　　　공포에 질려
　　　아들의 뺨을 때리는 데 성공했다

몇 주가 흘러갔다
아들이 거위 몇 마리를 풀어
여자를 물게 하는 꿈을 꿨다
살점이 뜯겨나가지 않아
더더욱 고통스러웠다
내일은 참새를 옻닭처럼
부풀려놓을지도 모를 일이다
구리다고 했으니
구린 것은
곯은 참외처럼
음식물 쓰레기통에나 처박힐 운명
부리로 여자를 잘게 쪼겠지
아프다
몹시 문란하지 않으면
이해는 탄생할 수 없다
또 몇 년이 흘러갔다
아들이 중학교에 입학했다
편지 속의 여자는 난생처음
새어머니가 되어 감격했다
구림이란 말의 어른이
구려라는 말의 아이로부터
이렇듯 단정해지기까지
참 넓은 똥밭에

참 많은 참외들로
씨 받았다
씨 됐다
씨 자랐다
씨 말라서
씨라면 지긋지긋한 여자인데
시원스레 서걱서걱
어디 참외 깎는 소리가 들렸다
가서 붕대 자르는 가위라도 좀 가져다줘요
숱을 치고 밀면 바리캉에 덜 끼거든요
수술을 앞둔 여자가
환자용 침대 위에 앉아
제 아랫도리 털을 밀어
크리넥스 티슈에 한줌씩 털고 있다
식사 나왔습니다 자매님
더도 말고 덜도 말고
마리아는 세례명일 뿐
여자는 성녀가 아닌
그저 한끗 차 석녀에 불과했으니
7층 옥상 바닥 위에 몸 뒤틀며
바싹 말라가는 고추들
사이
그 사이 숨어 있던

빨간 하이힐 한 짝
돌돌 말린 커피색 스타킹은
누가 끼워뒀나
닿을 수 없는 곳에서
빨간 하이힐 한 짝
허공중에 붕 뜬다
꼭 엄마 같은 그림자다
난간 타고 아슬아슬
떨어진 고추 줍겠다고 나갔다가
여태 안 돌아오는,

4
여기
그녀가
있다
영정사진 속
아무도 아닌
동시에 어떤 것도
되려 한 적 없는
그 무엇으로
여기
그녀가
있다

영정사진 속
선글라스를 끼거나
혀를 쭉 내민 컷은
왜 퇴짜를 놓는지
하필 당뇨로 한쪽 눈이 먼
그녀가
여기
있다
영정사진 속
액자를 깨려는 이유가
더 살고 싶어서가 아니라고
말하고 싶은데
말할 수 없음으로
여기
그녀가
있다
영정사진 속
백발의 노인이 손녀 팔 부여잡고
비틀비틀 구십 도 절을 하는데
와세다대 동기였다는 그가
처음이라고 말했지 그것도
70년 전
그녀가

여기
있다
영정사진 속
구순이 다 된 노인이, 그것도
70년 전
제 것을 살짝 넣어보라고 했을 때
식민지 조선의 딸로
애국이 별것이랴
유독 상위로만 그 짓을 했던
그녀가
여기
있다
영정사진 속
김일성과
그의 아내 김정숙의 비서였던
앳된 단발머리 처녀로
몹시 문란하지 않으면
국군 장교의 아내가 될 수 없었던
그녀가
여기
있다
영정사진 속
열 명의 자식을 낳는 동안

세 번 결혼했으며
그중 둘을 잃고
남은 여덟이 뒤엉켜 싸우던
그날 이후
치매요양센터로 보내진
그녀가
여기
있다
영정사진 속
자연산 전복을 깍두기처럼 썰어
도시락 반찬으로 싸가던
소학교 시절의
그녀가
여기
있다
영정사진 속
여기
있는
그녀였는데
나를 살살 흔들어 깨우더니
버선 두 짝을 벗어 내게
내미는 것이었다
잠시 바꿔 신자 어디

다녀올 데가 있어

영정사진 속

여기

있는

그녀가

하늘색 내 수면양말 두 짝을

반 무릎까지 추켜 신고는

달리는가 싶었는데,

떴다

영정사진 속

여기

있는

그녀가

허공중에 붕 떠서

뒤로

뒤로 흘러간다는 건

가야 할 곳이 분명하다는 뜻이어서

영정사진 속

여기

있는

그녀가

지하철역 무인사진 자판기에 들어가

김치 치즈 스마일 윙크하는 걸

—　본다
　　당뇨로
　　한쪽 눈이 멀어서가 아니라
　　이왕이면 좋은 게
　　좋은 거니까
　　영정사진 속
　　여기
　　있는
　　그녀가
　　잠깐이면 된다고 하였는데
　　감감이다
　　임도 아니면서 버선발로 쫓아보니
　　내 수면양말 두 짝 모두
　　지하철 계단 위에
　　떨어져 있고
　　쌍방울 모시메리를 단돈
　　천원에 파는
　　할머니가 있었다
　　꼭 엄마 같은 그림자다
　　장에 나가 비단구두 사온다더니
　　여태 안 돌아오는,

—

'보기'가 아니라 '비기'가 싫다는 말

　자정 넘어 종로 〈금강제화〉 맞은편 가판에서 한 남자가 한 여자에게 인형을 골라주고 있다. 여자가 가리킨 건 제 키와 엇비슷한 특대 사이즈의 흰곰이다. 자기 없이 하루도 못 자니까 자기 없을 땐 밤마다 얘를 껴안고 잘래. 아줌마가 총채로 비닐에 싸인 흰곰을 탈탈 턴다. 여자는 양미간을 찌푸린 채 팔짱을 낀다. 아줌마가 마른걸레로 비닐에 싸인 흰곰을 싹싹 닦는다. 새 물건 없어요? 흰곰이 먼지 뒤집어써서 은곰 됐잖아요. 아줌마가 옆 가판으로 가 특대 사이즈의 흰곰을 하나 빌려서는 다 큰 아이를 업듯 등에 지고 온다. 그 사이 한 남자와 한 여자가 횡단보도를 건넌다. 건너버린다. 신호등의 녹색 불이 깜빡거렸으므로, 그들에게는 사실 쏜살같이 달려가는 게 맞는 일이므로…… 야 이 씨발 연놈들아! 개쌍 연놈들아! 언젠가 태극기 파는 아줌마에게 함에 든 태극기 한번 꺼내봐달라고 했을 때 살 것처럼 흥정하고는 비싸다며 쌩까버렸을 때 이걸 그냥 확! 주먹 쥔 손으로 엿 먹이는 포즈를 나도 한 방 먹어본 적이 있어서 좀 아는데 치욕은 역사책만의 고유명사는 아닌 게 분명하고 여기까지 읽고도 누가 더 밉상인지 분간할 줄 모른다면 있지, 그게 나는 우리가 헤어진 이유라고 봐.

소서라 치자

풍동 단골 오리집 〈마님〉에 가면
연변 아줌마가 네, 마님 하고 달려오지
훈제 참나무 오리 바비큐를 추가할 때도
병따개가 곤궁해서 두리번거리기만 해도
자꾸만 마님거리면서 뛰어오지 그 마님에
어느 날은 돌쇠였던 백일섭이 떠올랐지
〈꽃보다 할배〉 속 그 섭이 일섭이 형
1987년이었지 영화 〈마님〉이라고 아나
흰 속적삼과 흰 버선발이면 참 추운 건데
남자가 그 추운 데를 참 뜨거워한다는 걸
일찍이도 알게 했지 그래서 나는 아직 겹겹 껴입나

초등학교 5학년짜리가 어떻게
스님과 바람난 엄마 친구랑 셋이 그 영화를 봤는지
120년 전통의 〈애관극장〉이라고 들어는 봤나
빤하잖아 보는 것을 사랑하라
사랑을 보기만 해야지
보는 것을 사랑하면
저렇게 얻어터지는구나
자개 문갑 속 겹겹이 들어차 있던
에로비디오테이프 케이스를 양손에 쥔 채
아저씨가 아줌마의 귀싸대기를 갈겨대기 시작했지
왜 맞을까 안 맞으면 또 어쩔 건데

우리 엄마 아빠도 아니면서
세탁소에 갖다주듯 애매하게 맡겨진 나에게
싸구려 인조 모피 코트를 드라이클리닝할 것이냐
버릴 것이냐 고민하다 부곡하와이에 간 엄마 아빠는
예방이 선방이라 선방을 예방 차원에서 행했다지만
이롭다 할 저 계산이 이렇게나 해롭다 할 통이니 원
도무지 안 찾아가는 세탁소의 비닐 두른 옷처럼
애매해진 애
그 순간 애로부터 멸망했다 할 그애
애는 애인데 그날부터 그애가 아니라서 나는
더는 아저씨 무릎에 앉지 않는 짐승이 되었지
작지만 강력하고 소녀지만 왕다운
처녀,

공차 올려드리겠습니다 하며
자몽 그린티를 내어주는 삼성동 〈공차〉 매장의 여대생도
처녀,
차수하세요 하며
안녕히 가서 장수하라는 인사동 〈오설록〉 매장의 여점원도
처녀,
그래 처녀들아
너희들은 오늘도 네 안의 그 귀여운 짐승들을
진동 호출벨 뒤에 슬쩍 잘도 감춰놨구나

一 　시음용 세작 종이컵 안에 푹도 담가놨구나

앙큼하고도 알뜰하여라
상큼하고도 살뜰하여라
하여간 처녀들이란,

내가 손으로 그랬듯 그들 또한
날달걀에 비빈 밥을 더는 비려하지 않을 나이 마흔이면
모르긴 몰라도 똥 하나는 기차게 싸게 될 거야
비교적 옛날의 도움 없이도 아마
그러기는 할 거야 여기까지가
내 아는 바고 이제부터라도
입을 좀 다물어볼 작정이야
그래야 모라도 심지 않겠나 싶어서
이 더운데
뭐라도

一

삼합

베란다 어항에서 유유자적이던 구피 두 마리가
어떻게 거실까지 튀어들었는지
나는 잠시 곤한 낮잠에 들었었고
꿈을 꾼 것도 없는데
덮고 있던 이불을 터는 데서
죽은 구피 두 마리가
마치 산 것처럼 눈을 부릅뜬 채 튀어나오니
얘네 둘을 양손에 하나씩 집고
너는 누구니
네가 누구이기에 여기로 왔니
묻고 있는 대낮

나는 선문답이란 걸 주고받아본 적이 없고
해보자 하면 너나 해 까고 보는 탓에
까짓것 오늘만 살자
적금통장 하나 가진 게 없는데
얘는 누구
얘는 뉘라서 예 있나
묻고 있는 대낮

아는 도예가 선생이
갖고 싶은 거 있음 가져가라 했을 때
초벌구이 마친 작은 막사발 하나 집어다

애지중지 식탁 위에 놓고 그저 본다
보겠다 보기만 하겠다 놓아두던 참에
구피 두 마리를 거기 담아두니 아주
딱인 거라
어떤 기준에서 무슨 근거로 딱 잡아
딱이라 가늠했는지 설명할 길 없다만
왜 우리가 감을 두고 감이 온다고 말해왔겠나

구상 선생님 말마따나 앉은 자리가 꽃자리라고
네가 시방 가시방석처럼 여기는
너의 누운 그 자리가 구피의 꽃자리임을
알 것은 같았는데 썩지 않고 빼짝 말라가는 구피
같은 종인데 일생이 다른 삶이었던 것처럼
죽음의 옷에 겹치는 색이 없는 두 마리의 구피

우리그릇려(麗)에서 백자주전자 하나
근 백만원 넘게 주고 사와서는 안달복달
쓰지도 않고 가만 보아둘 것을 왜 샀을까
싶으면서도 주전자 궁둥이를 만져도 보고
쓸어도 보고 다룰 수 있는 아름다움에
닦아도 보는 기쁨을 누리고자 집어든 찰나
왜 박살이 났을까 왜 손잡이를 들자마자
산산이 깨어진 몸통이 내게 왜 칼날처럼 몸 바꿀까

부지불식간에도 백자주전자 뚜껑은 깨지지 않고
덩그러니 둥근 뚜껑에 난 작은 구멍 하나
콧구멍인 양 코로 숨을 쉬게 하니
구피 앉은 자리 그 막사발 위에 얹어본다
어쩌다 딱이 딱 하고 들어맞는 게다

2008년 그날부터 2016년 오늘까지
여직 그 모양 그대로인
구피 막사발 그리고 백자주전자 뚜껑
자린고비도 아니면서 밥 한술 뜨고
백자주전자 뚜껑 열어 구피 한 번 보고
누가 시켜서 하는 아낌이 아니니
이것이 화두인가 하였다

대서 데서

이 여름에 물이
이 얼음으로 얼어붙기까지
얼마나 이를 악물었을지
얼음을 깨물어보면 안다

이 여름에 얼음이
이 맹물로 짠맛을 낸다면
얼마나 땀을 삼켰을지
얼음에 혀를 대보면 안다

누가 얼어붙고
누가 이를 악물고
누가 깨물고
누가 맹물이고
누가 짠맛이고
누가 땀흘리고
누가 혀를 대고
누가 이 짓을 왜 할까마는

한다면 흰 베개가
한다면 갈색 밥상쯤

병원 베개라면 소독해서 청결하니 말이 될 거고

남원 밥상이라면 부러져서 정직하니 꼴이 될 거다   ―

베개를 괴면 몸이 가로가 되고
밥상을 펴면 몸이 세로가 된다

이 여름에 이미들
그렇게 목도리들

가을에는 일찌감치 체크할 거다

                                                        ―

'어른이 되면 헌책방을 해야지'

간판 이름으로 써놓은 지 오래이다
발에 걸리는 돌들 가운데
눈에 걸리는 돌들 제법
모아둔 지 오래이다
돌로 문지방을 쌓을 요량이다
문턱 앞에서 숨 한번 고르시라고
돌에게 의지해온 지 오래이다
김사인 선생님이 집어다준 돌도 있고
윤제림 선생님한테 뺏어온 돌도 있다
책도 골라놓은 지 오래이다
버릴 책은 애초에 버려질 책
버렸다가 다시 들고 온 책은
어떻게 해서도 버려지지 않을 책
(당신은 어떤 책을 원하십니까)
책장도 디자인해놓은 지 오래이다
아직 수종을 고르지는 않았으나
상상하자면 달팽이관을 닮은 미끄럼틀 형세다
미끄러지자 책과 책 사이에서 미끄러져보자
근데 나 언제부터가 어른일까
그때가 이때다 불어주는 호루라기
그런 거 어디 없나 그런 게 어디 있어야
돌도 놓고 돈도 놓고 마음도 놓는데
매일같이 놓는 건 체중계 위에 내 살 가마니라니

국회의원만 봐도 제가 어른이다 싶으니까
나밖에 없습니다 나 같은 어른 어디 없습니다
새벽같이 떠 두르고 나와 명함 돌려가며 뽑아줍쇼
입술에 침 발라가며 부처웃음 만개인 걸 텐데
(당신은 어떤 정치인을 뽑아왔던 겁니까)
샘플로 견적내볼 어른 왜 없을까 국회방송 좀 보자니
어른은 어렵고 어른은 어지럽고 어른은 어수선해서
어른은 아무나 하나 그래 아무나 하는구나 씨발
꿈도 희망도 좆도 어지간히 헷갈리게 만드는데
TV조선 앵커는 볼 때마다 왜 저렇게 조증일까
목 졸린 돼지처럼 왜 늘 멱따는 소리일까
넥타이가 짧은가 목이 두껍나 뭐가 좀 불편하면
넥타이를 풀든가 목살을 빼든가 뭘 좀 하든가 하지
아 답답해 아 시끄러 아 짜증나 아 언니
텔레비전 좀 끄라니까 정신 사나워 죽겠잖아
조카 젖 먹이고 트림 기다리느라 애를 어르는
동생의 팔놀림은 내게 처음 해 보이는 포즈
누구도 가르쳐주지 않았지만 절로 되는 아기 바구니
엄마가 되면 어른이 될 수 있을까
엄마만 되면 헌책방을 해도 될까나
하루 지나 매일 하루씩
가게 오픈 왜 미루느냐는 물음에 답이라면 말이다

복과 함께

초복
아이가 어른인 건 아닌데
아이가 아이인 게 아니더라고요

중복
여 시원합니까?
교복 입은 남학생 셋을 데리고
중년의 남자가 순댓국밥집에 들어선다
문에 드리운 발이 스르르
대머리 남자의 맨머리로 쏟아졌고
댓개비 발을 손으로 걷어낸 남자가
학생 셋과 우물쭈물 자리를 찾는데
아줌마가 냉장고에서 물병부터 꺼내든다
방송 보고 오신 거 아니세요?
저희 집 〈6시 내 고향〉에도 나왔거든요
국물이 얼큰하고 시원하기로 유명해요
아니 에어컨 잘 나오냐고요

말복
잣끝보신탕이라 적힌 푯말을 봤다
삽시간에 그 글자들로부터 멀어졌다
달리는 차 안에서 잣을 씹은 느낌이었다
외우기는 쉬웠다

전화번호는 없었다
왜 잣이고 왜 끝일까
잣이 들어가야 보신탕이 완성된다는 건가
끝장나게 맛난 잣을 넣은 보신탕이라는 건가

잣과 끝의 조합은 흔한 게 아니라서
작명을 한 사람만이 알 길이라지만
엄마가 끓는 물솥에 개고기를 막 넣을 때
되로 파는 잣을 사러 시장에 가본 사람으로서
그 끝이 가리키는 지점에 과연 잣과 개가 있을지는
궁금하지 아니할 수가 없는 노릇이다

복날을 앞두고 엄마는 꼭 개를 맞췄다
아빠 퇴임하기 전까지는 아주 큰 개로다만 그랬다
복날을 앞두고 엄마는 이제 두 근 정도만 산다
먹을 사람이 아빠밖에 없어 그런다

입추에 여지없다 할 세네갈산(産)

구운 갈치를 보면 일단 우리 갈치 같지
그런데 제주 아니고는 대부분이 세네갈산
갈치는 낚는 거라지 은빛 비늘에 상처나면
사가지를 않는다지 그보다는 잡히지를 않는다지
갈치가 즐기는 물 온도가 18도라니 우아하기도 하지
즐기는 물 온도를 알기도 하고 팔자 한번 갑인고로
갈치의 원산지를 검은 매직으로 새내갈,
새대가리로 읽게 만든 생선구이집도 두엇 가봤단 말이지
세네갈,
축구 말고 아는 거라곤
시인 레오폴 세다르 상고르가 초대 대통령을 역임했다는
세네갈,
그러니 이명박 대통령도 시 좀 읽으세요 했다가
텔레비전 책 프로그램에서 통편집도 당하게 만들었던
세네갈,
수도는 다카르
국가는 〈모든 국민이 그대의 코라와 발라폰을 친다네〉
코라와 발라폰을 치며 놀라고 대통령이 권하는
놀라운 나라라니
세네갈,
녹색 심장의 섬유여
형제들이여, 어깨에서 어깨로 모여라
세네갈인들이여 일어나라

바다와 봄에, 스텝과 숲에 들어가라*
역시나 시인 대통령이 써서 그런가
보우하사도 없고 일편단심도 없고
충성도 없고 만세도 없구나
세네갈,
우리는 갈치를 수입하고 우리는 새마을운동을 수출하고
마키 살 세네갈 현 대통령을 초청한 자리까지는 좋았는데
방한 기념으로 수건은 왜 찍나 왜 그걸 목에 둘둘 감나
복싱 하나 주무 하나 결국엔 한번 해보겠다는 심사인가
'새마을리더 봉사단 파견을 통한 해외 시범마을 조성사업'
돔보알라르바와 딸바흘레, 이 두 마을이 성공했다는데
본 사람이 있어야 믿지 간 사람이 아니라야 믿지
재세네갈한인회 회장보다 부회장이 낫지 않을까
헛된 믿음으로 찍히고 말 발등이라면 재기니한인회,
재말리한인회 두 회장에게 속아보는 게 차라리 나을까나
세네갈,
갈치 먹다 알게 된 거지만 사실
갈치보다 먹어주는 게 앵무새라니까
세네갈산 앵무를 한국서들 사고 판다지
아프리카라는 연두
아프리카라는 노랑
아프리카라는 잿빛
삼색의

세네갈,
앵무새 앵에 앵무새 무
한자로 다들 쓰는데 나만 못 쓰나
鸚鵡
이 세네갈산
앵무야

* "녹색 심장의 섬유여 형제들이여, 어깨에서 어깨로 모여라 세네갈
인들이여 일어나라 바다와 봄에, 스텝과 숲에 들어가라"—세네갈 국
가 후렴 부분에서.

자기는 너를 읽는다

우리 은밀히 모이자고 그런 다음
광화문 한복판에서 삐라를 뿌리는 거야
어때 기막히지?

아뇨 코 막혀요
독서 권장 리플릿을 손으로 나눠주면 되지
왜 굳이 하늘에서 삐라로 뿌리자는 거예요?
정권 타도라고 대문짝만하게 쓰면 모를까
겁도 많으시면서

일단 저 박근혜가 꼴도 보기 싫어 그러지
왜?
김시인은 꼴이 보기 좋아 그런가?

긴한 말로 보자던 인쇄소 사장은
치통을 앓는 사람처럼 눈도 부어 있었다
은행에서 거절당한 대출 건은
나한테 말해봤자 입만 아프다더니
개섭새끼라며 연신 은행장을 욕해댔다

까짓것 오늘 타온 약에서 약한 걸로 다섯 알 드릴게요
병원은 초밥집 3층 〈약손명가〉 맞은편이에요
나는 처방 받은 약봉지 안에서

졸민정 0.25mg*만을 골라 그에게 건넸다

유연하고도 날렵한 알약이군
요게 바로 김시인의 비타민이란 얘기지
짙은 바닷빛 알약 다섯 개를
인쇄소 사장은 양복 주머니에 넣었다

혹시 냉동고에 꽁꽁 얼린 난자완스 있으세요?
있으면 그것부터 버려버리세요
약기운에 자다 깨서 그거 데우다
솥뚜껑까지 태워먹은 게 나거든요
온 집안이 연기로 뒤덮였죠
소방차는 출동했죠
나는 팬티에 노브라 차림이었죠
맨손으로 시꺼먼 솥을 집었다가 놓쳤는데
오른 발등뼈가 깨가 됐지 뭐예요

고기를 먹겠다는 심사였는데
숯을 깨물어먹게 생겼으니
이쯤에서 궁금해지더라고요
맨 처음 숯불에 고기를 올린 사람은 누구였을까
그 사연을 알고나 구운 것일까
살이 됐다 숯이 되는 그거요

말끝에 불을 놓으니
똥줄이 타는 그거요

어쨌든 고기가 숯이 되는 건 껌 씹는 일 같지만
숯이 고기가 되는 건 씹던 껌 다리는 일 같아요

어떤 뒤집개가 날 엎어봤는지 몰라도
아직 고기 뒤집을 때는 아니었나봐요
불판 위에서 손등 때리거나 맞을 때
그 순간에 왜 맞고 왜 때리나
우리 서로 모르면서도 실은 척 보면 또 알잖아요
덜 익었으니 좀 두고 보자는 식은 그러니까

요, 집중!
요요, 집중! 집중!

* 불면증의 단기 치료제. 불안, 초조, 환각, 이인증, 자살 충동 등이
보고된 바 있다.

071

상강

생강더미에서 생강을 고른다
생강을 고르는 건
생강을 생각하는 일

크고 작은 생각이
크고 작은 생각의 후보군이 되어
제 몸에서 조금씩들 흙을 흘린다
바스러져 흩어지는 생강의 흙
이 순간의 생각이란 왜 이렇게 빤할까

더러 너의 거기를 쏙 빼닮은 생강
내 사랑하던 두더지가 입을 삐쭉하며
알은척을 해오기도 했다 의외로
작으면 작은 대로 감칠맛이 있어
원숭이들 등 긁듯 살살 훑다보면
곰과 맞짱을 떠야 하는 밤도 생겨났다

누가 커지라고 했나
내 의지와는 상관없어
곰에게 한두 번은 잡혀줬으나
그 이상은 시시해서
부지기수로 잡아먹어버린 곰
그 곰에 어쩌다 탕이 붙었을까

곰탕을 가지고 너무 끌탕을 했나
그 곰에 어쩌다 탕이 붙어
성교의 은어가 되었는가 모르겠다만
한때 나는 구강성교라면 딱 질색이던
정숙하고 조숙한 너만의 칼집

복음자리 생강차 470그램짜리 한 병 선물 받고
생강차 한 잔 뜨겁게 타 마시다가
생강을 사러 나와 생강을 고르는 일
생각도 생강을 기다려야 올까
생강의 흙을 털 때 아무 생각이 없었다면
생강에 흙이 더 묻기까지 기다려야 할까

못생긴 건 둘째 치고서라도 헐벗었기에 너는
생강
모든 열매 중에
가장 착하게 뚝 부러져버릴 줄 아는
생각

그대는 몰라

파주 운정 3지구 비포장길을 따라
일산 대화 3호선 타러 달리다보면
흘러간 어느 악사의 가게일지 모르겠다,
jazz jazz jazz를 꼬리표로
악기 부는 남자의 실루엣을 간판으로 내건
한 라이브 클럽

자물쇠로 잠긴 가게 여닫이문에
soul이란 스티커가 덕지덕지 붙은 가운데
검은 색지로 오려 붙인 세 글자 저
쌕쓰폰
눈에 확 들어오기는 했다
왜?
고딕이었으니까!

소리나는 그대로 적었을 말
들리는 그대로 적게 됐을 말
그러니 참 정직한 말
그런데 빨간 밑줄 쫙 가는 말
아니라는 말
틀렸다는 말
이 말이라는 말 이
색소폰

우리 가요 〈댄서의 순정〉을 들어보자면
원곡 부른 박신자도 리바이벌한
이미자도 조미미도 김추자도
장사익도 주현미도 문희옥도 분명
그대는 몰라 그대는 몰라
울어라 쎅쓰폰아 그랬다
정말이다 양 귀때기 걸 수 있다
아리아리한 건 유일하게 문주란
허스키 보이스가 영어 하니 딱 그리 들리나

표준국어대사전을 달달 외워
편집자 시험을 준비하는 제자에게
괜찮아 너는 시에 통 재능이 없으니까
일찌감치 야무지게 말해둔 건
아무리 생각해도 스승의 은혜야
한마디로 너 잘되라는 어머니 마음

농업인의 날

한 시인이 내가 없는 내 방에
액자 하나를 놓아두고 갔다
길례언니*라 했다
천경자라 했다
며칠 그대로 두었다
길례언니라 했으니까
천경자라 했으니까

노란 길례언니
아니
노란 천경자
김경자 이경자 오경자 박경자 장경자
성 뗀 경자는 개 이름 보리처럼 흔한데
천가 경자의 '경'은 능선이 참 가파르지
치솟아 한참을 올라가는
사다리차의 코끝을 봐
높잖아 까마득하잖아
먼 데서 이겨야 만날 수 있다는 그 봄처럼
나랑은 색이 다른, 그런 여자잖아

죽었다고 하니 다시 본다
죽었다고 하니 죽어버렸겠지만
죽었다고 하니 내 조모의 사진처럼

벽에다 걸게도 되는 길례언니다
벽에서 내려도 되는 천경자다

2015년 11월 11일은 수요일
길례언니 옆에 걸린 달력에
작고도 붉게
농업인의 날이라 박혀 있다

1924년 11월 11일은 화요일이었다
평생이 하루이기도 하다니까 뭐,
왔는데 안 보이는 거면 간 거겠지
고흥 여자
천경자

* 천경자(1924년 11월 11일~2015년 8월 6일)가 1973년에 그린 인
물화.

비 오는 날 뜨거운 장판에 배 지질 때나 하는 생각

하자, 가 아니라
하면 할게, 라는 사람이
무조건 착할 것이라는 착각으로
우리는 오늘에 이르렀다
사랑은 독한가보다
나란히 턱을 괴고 누워
〈동물의 왕국〉을 보는 일요일 오후
톰슨가젤의 목덜미를 물고 늘어진 사자처럼
내 위에 올라탄 네가
어떤 여유도 없이 그만
한쪽 다리를 들어 방귀를 뀐다
한때는 깍지를 끼지 못해 안달하던 손이
찰싹 하고 너의 등짝을 때린다
한 번도 가져보지 못한 즉흥이다
그런대로 네게 뜻이 될 만큼은
내가 자랐다는 얘기다
나는 아무런 생각 없이
윗목 소쿠리에 놓여 있던
사과를 깎는다
받아먹는 너의 이맛살이
잔뜩 찌푸려진다
물러
무르면 지는 거라는데 말이지

언젠가 자다 깼을 때
등에 배긴 그 물컹이
갓 낳은 새끼 강아지였다며
너는 이제 와 소용없는 일을
오늘의 근심처럼 말한다
쓸데없다
비는 요통처럼 절구 찧는데

1남 2녀의 둘째 같은 거

멀리
부탄 중심부에 추위가 찾아온다고 합니다
부탄 하면 축구
축구 하면 몬트세랫

2002년 6월 30일 한일 월드컵 결승전 때
7만 명을 수용하는 요코하마 국제종합경기장에서
브라질과 독일이 1위와 2위를 먹을 때
멀리
1만 명을 수용하는 부탄 창리미탕 스타디움에서
부탄과 몬트세랫이 꼴찌에서 두번째와 꼴찌를 먹을 때

꼴찌보다
꼴찌에서 둘째라는 거
꼴찌도 꼴찌에서 세번째도 아닌
꼴찌에서 두번째라는 거
김경미 시인 언니가 시집 『쉿, 나의 세컨드는』에서
「나는야 세컨드」 연작을 1부터 5까지
이미 다 쓰고 손 다 턴 뒤라지만
이걸 이 느낌이다 왜 말을 못해
말을 왜 못하냐면
이성복 선생님이 아주 고릿적에 썼으니까
느낌의 오고 짐에 대해서 아주 싹 갖다 썼으니까

뒷북도 이런 장구질이 없다 하겠지만

13년이 지난 지금
부탄은 188위 몬트세랫은 187위
연방 엎치었다가 뒤치었다가 하는 엎치락뒤치락
행복 좋아하는 그들이야 무슨 관심일까
숫자 좋아하는 나나 관심 있는 순위 놀이

2015년 12월 피파 랭킹에서
꼴찌에서 두번째는 파푸아뉴기니
파푸아가 곱슬머리라는 뜻이로구나
그렇다면 뉴기니는?

다음 기회에!

눗

검은 침대보 위에
희고 마른 부스러기
그건 빵가루가 아니라고 노인이 말했다
소금은 역사 속에
설탕은 커피 크림 옆에
건선으로
반평생 몸을 긁던 노인이 말했다

아이들은 온종일 빵집 유리창을 핥는다
밤이 와서
밤참을 먹기 전 엄마들이
숭늉을 끓이던 긴 밥주걱을 들고 나와
길에 뚝뚝 밥물을 흘릴 때까지
아이들의 혀는 양식이 될 만한
그 흰 것을 찾는다

이따금 창문 너머로
침대 하나를 사이에 둔 사람들이
우는 것처럼 보인다
어둠 속에서 바삐 들썩거리는 어깨들
네 방구와 내 방구처럼 뒤섞이는 웃음들
간혹 딱딱한 바게트를 깨물듯
서로의 얼굴을 뜯어먹기도 했다

기다리는 사람들인 만큼

배가 고팠으므로,

노인은 일어나 가스레인지에 물을 끓인다
침대 발치에 발판으로 삼은
손자 손녀의 인형을 일으킨다
지난 크리스마스에 사준 구체관절인형
제길, 이 돈이면 우유식빵이 200봉지라고!
그리고 미처 떼지 못한 벽의 초상화
벨벳에 멜빵에 부풀린 장미 레이스를 입은
세 명의 고집스러운 아이들

노인은 대접에 밥을 푼다
끓인 물을 붓는다
그후로
오래
그렇게
꽂혀 있던 숟가락 하나

계집이고 새끼고 깜빡이 좀 켜라

빈집에
빈방에
빈속에
누군가 코를 곤다
발끝을 세우고 일어서면
코골이가 사라지고
발끝을 내리고 앉으면
코골이가 살아난다
누가 시킨 것도 아닌데
앉았다 일어섰다
일어섰다 앉았다
날이 밝는데
캄보디아에서 사온 부처 두상 서이가
내게 도레미로 윙크를 해대는 것이었다
우기는 게 아니라
진정 윙크를 윙크라 하는 대목이었다
부처를 때린다 급기야 때리고야 만다
졸라 짜증나게 약 올리는 부처도 부처냐
페루에서 사왔다며 지인이 놓고 간 흙 인형은
얼굴이 해바라기만한 원주민 부부였는데
고추는 달렸고 조개는 박히어서
나란히 불뚝 튀어나온 그것들이
똑같이 귀하게 여겨지기는 했더랬다

동지

나는 너를 피해 달아났다. 숨이 가빠 헐떡거리는 사이 너는 나를 따라왔다. 우리는 좋은 친구 사이가 되었고 네 옆에는 자기 개를 발로 차는 여자가 있었다. 개의 목줄을 쥔 건 너였다. 발로 걷어차이면서도 너와 여자 곁으로 자꾸만 개가 왔다. 최대한 몸을 웅크려 제 살집을 딤섬처럼 오그려 빚긴 하였으나 원체 개가 컸다. 들통에야 들어갔겠지만 끓여서만이 능사는 아니었다. 이 겨울 팥죽처럼 환대받을 국물이 되기에 들깨는 지난여름의 향이었던 것이다. 큰 개가 짓는 작은 울상 앞에서 평화는 욕실 욕조에도 거실 천장에도 안방 이불장에도 부엌 개수대 그 어디에서도 찾아볼 수가 없었다. 다만 오늘 저녁엔 조용해질 것이다. 옆집 남자의 전기톱 소리가 낮부터 엔진에 시동을 걸고 있으니 체크 모포를 두른 채 연신 귤이나 까먹는 나여, 무엇을 기다리나. 싸구려 연애소설 속 야한 페이지에나 끼워넣던 피비 케이츠 책갈피보다 더 납작 엎드려서는.

근데 그녀는 했다

양망이라 쓰고 망양으로 읽기까지

메마르고 매도될 수밖에 없는 그것

사랑이라

오월의 바람이 있어 사랑은

사랑이 멀리 있어 슬픈 그것*

* "오월의 바람이 있어! 사랑은 사랑이 멀리 있어 슬퍼라!", 제임스
조이스, 『체임버 뮤직』(아티초크, 2015) 45쪽에서 변주.

시집 김민정 —
이원(시인)

인트로

　민정. 이렇게 부른다. 나→민정
　언니. 이렇게 부른다. 민정→나

　민정. 늘 짧게 쓴다. 민정— 민정~ 언어로나 마음으로나
이렇게 불러본 적이 없다. 간곡한 호소를 할 때(이타적 인
간 민정에게 이기적 인간을 주문할 때) 민정아 하고 쓴 적
이 있지만, 그것은 민정을 향한 것이라기보다는 나 자신에
게 민정을 이해시키는 방식이다. 내가 생각하는 민정은 민
정. 이다. 문은 문인데 꼭 닫힌 문이 아니고 벽은 벽인데 빛
을 거두지 않는, 말하자면 똑딱 단추.
　언니 할 때 민정은 두 가지다. 주로 언니⌒ 하고 뒤를 넘
실거린다. 그럴 때 목소리는 막 뽑아져나온 가래떡을 닮았
다. 김이 모락모락, 자신의 구미는 비워놓은 채 동일한 색.
언니↘ 이럴 때는 딱 한 경우다. 자신에게 좋은 말을 할 때
다. 언니, 부드럽게 그러나 정확하게 닫히는 문. 더 얘기 못
하게 하는 재주. 다시 똑딱. 단추.
　엽서든 메일이든 메시지든 문자화된 경우를 뺀다면, 민정
과 만나 민정 하고 부른 적이 거의 없다. 언어 속에서는 민
정. 이고 만나면 민정 하고 부를 수 없는 이 사람. 시 쓰는
사람과 책 만드는 사람을 18년째 해오고 있는 사람. 쿨과 지
극함을 동시에 갖고 있는 사람(남에게는 지극한 순정녀이

고 자신에게는 쿨하다못해 냉한 사람). 세상을 그 누구보다 열심히 살고 그 누구보다 어렵게 사는 사람. 나는 제일 모르겠는 사람. 부르면 안 불리는 사람. 그러다 손목이 눈동자가 발이 툭 오는 '구체관절사람—인천 여자 김민정'.

민정과 나는 8년 전쯤 길 하나를 사이에 두고 산 적이 있다. 그 길 앞에 서서 민정의 창을 올려다보며 불이 켜져 있나 확인하던 날들이 있었다. 자주 층이 다르게 세어졌다. 나는 내가 사는 아파트의 부엌 창에서 민정의 창이 보인다고 믿었는데, 밥냄새가 있는 곳이어서 안심이 되었다. 그때부터 어떤 마음이 시작된 것 같다. 트위터를 하지 않는 내가 문득문득 민정의 트위터를 들어가보는 염탐도 한다. 어느 순간부터 나는 민정의 어디가 궁금했던 것 같다. 좀더 솔직해진다면 어디가 걱정되었던 것 같다. 그것이 무엇인지는 지금도 모른다. 다만 민정. 그러면 뭉게뭉게 구름이 생겨났다. 구름 속에서 얼굴을 빼꼼, "하트는 이상해/ 너 주려고 보낸 건데/ 내 눈이 되어 반짝이지/ 그렇다고 나를 앵두라 부르지는 마"(「망종」) 그러고는 사라짐. 구름으로 하트를 만드는 민정을 볼 때까지 그곳을 들여다보는 반복. 민정구름의 추격자.

음모 히스토리:
외장형 음모(陰毛)로 내장형 음모(陰謀)를 만들기까지

첫 시집 『날으는 고슴도치 아가씨』(열림원, 2005)는 얼마
나 발랄하고 신선한 제목인가. 자고로 아가씨란 따가워야
하고 고슴도치는 날아야 제맛이지. 첫 시집 내용에 적지 않
게 놀랐지만(그 대담함—거두절미 직진성), 힘이 장사인 불
도저 고슴도치 아가씨의 탄생!「陰毛 한 터럭 속에 세상 모
든 陰謀가 다 숨어 있듯이」의 그 음모 한 터럭을 갖고 떠난
모험은「그녀가 처음, 느끼기 시작했다」(황급히 펜을 찾는
노숙자 곁에서 인력파출소 안내시스템 여성부를 '기다리지
않아도 봄은 온다'는 시를 쓴 이성부로 읽던 한밤)를 지나,
「근데 그녀는 했다」("양망이라 쓰고 망양으로 읽기까지")
에 이르렀다. 이 여정은 실은 고슴도치 아가씨가 "가장 뻔
한 옛이야기, 그것은 우리들 누구나의 이야기"로 꾸민 음모
하나—둘—셋.

세번째—33편의 시—삼삼 노선

김민정은 왜 이렇게 쓰는가. 무엇을 위하여 또는 무엇을
향하여 종횡무진 이 꽃놀이패 놀이를 하는가(꽃놀이패를 벌
이는 쪽인지 당하는 쪽인지도 알려주지 않은 채). 맥락 없이

그것을 그냥 "놋"이라 부르자. 놋이 뭐예요? 중요한 것. 그리고 하찮은 것. 재미있는 것. 시시한 것. 계속 쌓는 것. 계속 싸는 것. 계속 닦는 것. 그리고 또 쌓기. 어려운 것으로 쌓기. 이를테면 돌 또는 달걀. 또는 주먹 또는 칼날 또는 김김(「아름답고 쓸모없기를」). 먹는 김 나가는 김, 시시하게 시시 쌓기. 그러고는 흩어버리기. 이를테면 요령 소리처럼 말야. 이를테면 '살아 있는 줄 알고 자꾸 얼굴을 씻겨주는 물'처럼 말야. 이를테면 제멋대로 가서 붙는 레고 블록처럼 말야.

"자요, 식어요." 33편의 시가 담긴 세번째 시집을 도는 삼삼 노선은 여럿이 있다. 입맛에 맞게 고르시라.

절기 코스 우수, 곡우, 망종, 오늘 하지, 소서, 대서, 복과 함께, 입추, 상강, 동지. 「춘분 하면 춘수」, 단어의 유사성 때문에 쓴 것 같지만 그렇지만은 않다. 밤과 낮의 길이가 똑같아지는 춘분. "손잡이 없는 작은 표주박과 닮아 있었다"는 춘수의 시가 그런 거였다는 발견. 세월호 4월 16일, 이모 죽은 날 5월 6일, 곡우는 그사이 4월 20일. 봄비가 내려 백곡이 윤택해지는 곡우(穀雨)가 곡우(哭雨)로 바뀐 날(「엊그제 곡우」). 다른 절기도 이런 우연과 필연의 안팎을 가지고 있다. 절묘함을 발견하시라.

'일상다반사' 코스 "장미만 파는 꽃집 옆 분식 포장마차"가 있다. 분식 포장마차에는 주렁주렁 순대가 꼭 있다. 삶 옆

죽음이듯이, 밥 먹고 차 마시듯이. 잘게 썬 돼지 살점을 이 쑤시개에 꽂아주고 레모나 빈 껍데기로 이를 쑤시는 아줌마의 "자요, 먹어요, 식어요."를 당신이 이 쑤시던 이쑤시개를 내 코에 대지만 않았어도 튀어나갔을 "자요, 식어요, 나요."로 받는 순간(「냄새란 유행에 뒤떨어지는 것」). 비껴감과 운명은 이쑤시개처럼 간발의 차. 구만리다.

색색 코스 신속. 불맛 코스. 색이 솟아오른다. 색깔 할 때 그 색, 색기 할 때 그 색, 둘 다 있다. 그러다보면 새끼와도 무관하지 않다. '청기, 빨간 하이힐, 커피색 스타킹' 그럴 때 색은 시에 폼 잡지 않겠다는 것. 그림자 따위는 드리우지 않겠다는 것. "저 푸른 초원 위에 늘 푸른 소나무 같은 시는 절대로 쓰지 마십지비 당부하시니 (……) 시심이 전심이라고 알라딘 검색창에 시론이라 쳐보니까 일단 1,332권이 뜨기는 했더랬"(「시의 한 연구」)으니까. 시론 따위는 뚫어버리겠다는 배팅. 시든 사람이든 냄새가 나야 살아 있는 거니까. 육두문자로 치면 김민정 시만큼 화끈할 수는 없다. 이 육두문자는 직설인데 외설이 안 된다. 외설로 가기 전 생활이다. 오줌, 좆, 젖 다 나와도 싱싱하고 푸짐하게 되는 까닭. 이런 페미니즘은 김민정이 개척한 땅. 물론 얼굴 화끈은 있다. 남의 집 안방, 네 몸 내 몸 가리지 않고 시도 때도 없이 열어젖히잖아.

인드라망 코스 돌 속에 주먹이 들어 있겠는가. 돌 속에 달걀이 들어 있겠는가. 돌은 "먹빛이었다가 흰빛이었다가/ 밤이었다가 낮이었다가" 눈사람의 몸통, 야호 하고 만세를 부르겠는가(「아름답고 쓸모없기를」). 작은 것 속에 큰 것 들어 있다. 진짜 시는 '아빠 김연회의 메일, 시인 장철문의 카톡, 화가 차규선의 문자, 편집자 황예인과의 채팅'(「수단과 방법으로 배워갑니다」) 속에, "김일성과/ 그의 아내 김정숙의 비서였던"(「밤에 뜨는 여인들」) 그녀는 영정사진 속에 들어 있다. "평생이 하루이기도 하다니까 뭐"(「농업인의 날」). 오늘은 실은 어제 한 말의 부록이다. 미안하다. 진담이다.

놋웃김 코스 시의 끝에 가서는 영락없이 웃김으로 끝난다. 웃기는 김민정을 줄여, 웃김. 이 웃김을 다시 뒤집어 또웃김(웃을 때 치아 주의). 공들인 전개를 가차없이 날려버리든지("날달걀에 비빈 밥을 더는 비려하지 않을 나이 마흔이면/ 모르긴 몰라도 똥 하나는 기차게 싸게 될 거야", 「소서라 치자」). 야한 힘 조절로 웃기든지("주몽이라는 말이 지구의 것인가 하면/ 전문가들이 그렇다니까 그렇다손 치더라도/ 주몽도 공정하게 몽정은 했을 거니까", 「오늘 하지」). 코끝 쩡하게 얼음땡 포즈 만들든지("딱 한 사람/ 딱한 사람만/ 지쳤다가/ 지쳤다가// 우리 이러지 말자", 「우수의 소야곡」). 병 주고 약 주면서 웃기든지("못생긴 건 둘째 치고서라도 헐벗었기에 너는/ 생강/ 모든 열매 중에/ 가장 착하게 똑 부러져버릴 줄 아는/ 생각", 「상강」). 이 웃김은 없던 웃김이다. 없던 가벼움이다. 이것을 맥락 없이 맥락 있게 놋

— 웃김이라 부르자.

   이 글을 읽는 독자 분들. 다른 코스도 만들어주시라. SNS에 올려주시라. 개인적으로 「그대는 몰라」 코스 궁금하다. 원한다.

   스냅숏

   『그녀가 처음, 느끼기 시작했다』(문학과지성사, 2009)와 『아름답고 쓸모없기를』 사이의 7년. 김민정의 셔터는 더 기민해졌다(두번째 시집의 마지막 시(「플로렌스 그리피스 조이너」), "오늘도 세상에서 가장 빠른 여자의 역사다.// 10초 49"에서 이미 예감됐던 바). 휙 하고 지나갈 것을 휙 하고 잡는다. 한 장면이라면 휙의 진화라 할 수 있는데 시를 보면 휙휙휙 파노라마다. 연속촬영이라면 한 번의 셔터로 여러 장이 연속적으로 찍히니 셔터의 힘이라 할 수 있다. 그러나 이것은 다른 장면에 다른 셔터가 눌러진 컷의 연속이다. 이런 식. '내가 없는 내 방―길례언니. 천경자 그림―경자 능선―사다리차와 봄―길례언니＝조모＋천경자―농업인의 날'. 김민정의 시는 스냅숏이다. 휙휙휙. 김민정의 스냅숏은 이렇게 빠르다. 감상해보자.

한 시인이 내가 없는 내 방에
액자 하나를 놓아두고 갔다
길례언니라 했다
천경자라 했다
며칠 그대로 두었다
길례언니라 했으니까
천경자라 했으니까

노란 길례언니
아니
노란 천경자
김경자 이경자 오경자 박경자 장경자
성 뗀 경자는 개 이름 보리처럼 흔한데
천가 경자의 '경'은 능선이 참 가파르지
치솟아 한참을 올라가는
사다리차의 코끝을 봐
높잖아 까마득하잖아
먼 데서 이겨야 만날 수 있다는 그 봄처럼
나랑은 색이 다른, 그런 여자잖아

죽었다고 하니 다시 본다
죽었다고 하니 죽어버렸겠지만
죽었다고 하니 내 조모의 사진처럼

벽에다 걸게도 되는 길례언니다
벽에서 내려도 되는 천경자다

2015년 11월 11일은 수요일
길례언니 옆에 걸린 달력에
작고도 붉게
농업인의 날이라 박혀 있다

1924년 11월 11일은 화요일이었다
평생이 하루이기도 하다니까 뭐,
왔는데 안 보이는 거면 간 거겠지
고흥 여자
천경자
　　　　　　　　　　　　　—「농업인의 날」 전문

타이밍

　사진작가 앙리 카르티에 브레송은 "작가의 정념과 빛과 구도와 감정이 일치된 순간"에 "결정적 순간"이라는 명명을 달았다. 그의 '결정적 순간' 한 컷. 와인으로 짐작되는 병 하나씩을 겨드랑이에 끼고 가는 우쭐한 표정의 남자아이와 조금 뒤 흐릿한 앵글 속에서 박수를 치고 있는 부러운 표정의 여자아이. 이 둘의 동시성은 필연일까? 우연일 수도 있다. 우연과 필연의 몸 바꾸기. 여자아이의 박수 속에는 '바로 그것' 또는 '전체'가 들어 있지 않을 수도 있다(다른 것을 보고 박수를 치던 여자아이가 있고 마침 그 앞으로 병을 들고 지나가던 남자아이가 있다. 다른 상황에 박수를 치던 여자아이는 남자아이를 보고 이어서 박수를 친다 등 여러 가설이 가능하다). 즉 결정적 순간을 결정적 순간으로 만드는 것은 모든 것의 일치가 아니라 일치가 되는 우연에 포커스가 있는 것이다.

결정적 순간이라는 타이밍. 필연과 우연이 겹치는 단 한 순간. 그러므로 결정적 순간을 잡지만 결정적 순간은 드러날 수 없게 된다. 설명되어질 수 없는 방식으로 보이지 않는 순간을 잡는 것. 포커스는 거기에 맞춰졌다. 아이러니 또는 밀봉된 가장 안쪽이 생겨나는 순간.

김민정 또한 결정적 순간의 방식. 돌려 말하기는 꿈에서도 하지 않으므로, "삶을 현장에서 포착"하는 것이 아니라 "삶을 현장에서 체포"(앙리 카르티에 브레송)한다. 시간과 언어와 사유와 미학이 일치할 때, 직설화법 돌직구로 그것을 잡아챈다. 획 아니고 획획획 잡아챈다. 허공에서 새의 목을 잡아채듯이. 우아한 생갈치를 한 손으로 쭉 찢어 보이듯이. 도망가는 위장들의 그것부터 잡고 보듯이. 장면은 아날로그인

데(맥락 있다, 유정하다) 방식은 디지털이다(획과 획 사이
는 실은 맥락 없다, 무정하다). 그냥 한번 해본 거다. '기막
혀요? 나는 코 막혀요'. 그런데 체포는 무죄와 유죄 사이 아
니던가요? 삶은 수갑 맞다고요. 수갑은 수갑 속에 들어 있다
고요. 시는 시 속에 들어 있고요. 벗는 것도 수갑 속에 들어
있다고요.

　김민정의 타이밍이 밀봉한 포커스 하나. 「농업인의 날」.
천경자는 1924년 11월 11일생이다. 선물로 받은 천경자의
작품 〈길례언니〉를 벽에 건 날은 2015년 11월 11일 농업인
의 날이다. 태어난 고흥 여자와 죽은 천경자와 노란 길례언
니와 다른 색들의 경자 언니들과 죽은 조모에게서는 모두
흙냄새가 난다. 흙은 촌스럽고 정직하고 야속하리만큼 정확
하다. 풍경의 완성, 의미의 완성처럼 보이지만 농업인의 날,
11월 11일은 천경자와는 무관하다. 1924년 11월 11일은 농
업인의 날이 아니었다. 어민의 날—목초의 날—통합—권
농의 날—농어업인의 날을 거쳐 농업인의 날이 되었다. 한
자 11(十+一)을 합치면 흙 토(土)가 되기 때문이라는 우연
한 조합으로 농업인의 날이 만들어졌듯이, 김민정은 골똘하
게 따라간 우리를 놀리며 날아오르는 거다. 김민정의 결정
적 순간은 언어/의미/세계의 복원이 아니라, 언어/의미/세
계의 해체에 포커스가 있다. "곰탕을 가지고 너무 끌탕을 했
나"(「상강」). 나의 혼잣말. "여기까지가/ 내 아는 바고 이제
부터라도/ 입을 좀 다물어볼 작정"(「소서라 치자」). 고슴도

치 아가씨의 LTE급 답변.

사태—대응—아이러니

「시집 세계의 파편들」로 재구성해본 직조법 단서들.

사태: 첫 장면. 중국 샤먼에서 시인 안치와 대담을 했다. 자존심이 아니라 애국심이 문제 같았다/ 그녀는 자신이 페미니스트라며/ 너는 페미니스트가 아니냐고 반문했다/ 짠년에 촌년에 센 년이 어떻게 중국어로 전해졌는지. 나는 알 바 없이 합의를 본 자매애.

대응: 죽어도 오줌발로는 지고 싶지가 않았다. 3박 4일 동안 서너 차례. 나만 아는 내기였다.

아이러니: 엉뚱한 곳에서 따귀가 날아들었다. 180도라면 호소해봤을 텐데 360도였다 (……) 병신 같은 년이란 욕을 먹었다 그보다 더 정확할 수는 없어서 배시시 웃었다.

아이러니의 아이러니: 술에 취한 남자가 어깨를 툭 쳤다/ 이불집 간판을 빤히 올려다볼 때였다/ 야, 이 병신 같은 년아 뭘 야려?/ 꽃자리를 왜 꽃자지로 읽었을까마는/ 찌른다고 해서 죄다 무기가 아니란 걸/ 이미 알아버린 마흔이었다.

말 사건

 "이 말이라는 말"(「그대는 몰라」). 말보다 말법. "그녀가 그년으로 불리기까지"(「우수의 소야곡」). "말끝에 불을 놓으니/ 똥줄이 타는 그거요"(「자기는 너를 읽는다」). 이른 바 말 사건. 김민정 시에서는 말발굽 소리가 난다. 말/말이 문제다.

 구운 갈치를 보면 일단 우리 갈치 같지
 그런데 제주 아니고는 대부분이 세네갈산
 갈치는 낚는 거라지 은빛 비늘에 상처나면
 사가지를 않는다지 그보다는 잡히지를 않는다지
 갈치가 즐기는 물 온도가 18도라니 우아하기도 하지
 즐기는 물 온도를 알기도 하고 팔자 한번 갑인고로
 갈치의 원산지를 검은 매직으로 새내갈,
 새대가리로 읽게 만든 생선구이집도 두엇 가봤단 말이지
 세네갈,
 축구 말고 아는 거라곤
 시인 레오폴 세다르 상고르가 초대 대통령을 역임했다는
 세네갈,
 그러니 이명박 대통령도 시 좀 읽으세요 했다가
 텔레비전 책 프로그램에서 통편집도 당하게 만들었던
 세네갈,

수도는 다카르
국가는 〈모든 국민이 그대의 코라와 발라폰을 친다네〉
코라와 발라폰을 치며 놀라고 대통령이 권하는
놀라운 나라라니
세네갈,
녹색 심장의 섬유여
형제들이여, 어깨에서 어깨로 모여라
세네갈인들이여 일어나라
바다와 봄에, 스텝과 숲에 들어가라
역시나 시인 대통령이 써서 그런가
보우하사도 없고 일편단심도 없고
충성도 없고 만세도 없구나
　　　　—「입추에 여지없다 할 세네갈산(産)」 부분

낙법: 갈치 얘기인가 보면 새내갈. 새대가리 글자 타령. 세
네갈 나라 얘기인 줄 알았더니 시인 대통령 얘기. 우리나라
대통령 얘기인 줄 알았더니 세네갈 국가 얘기. '갈치보다 먹
어주는 게 세네갈 앵무새'라는 얘기. '한국서들 사고 판다는
세네갈산 앵무' 얘긴 줄 알았더니 "아프리카라는 연두/ 아
프리카라는 노랑/ 아프리카라는 잿빛/ 삼색의/ 세네갈," 국
기 얘기. 펄쩍 뛰더니 "鸚鵡", 한자 쓰는 얘기.
　"여 시원합니까?" 순댓국 얘기인 줄 알았는데 "에어컨
잘 나오냐고요" 이 말이다. 중복이 말이 이러니, 말복, 잣끝

보신탕처럼, "그 끝이 가리키는 지점에 과연 잣과 개가 있을지는/ 궁금하지 아니할 수가 없는 노릇이다"(「복과 함께」).

　초벌구이 마친 작은 막사발에 구피 두 마리(베란다 어항에서 거실까지 튀어든 무서운 놈이다). 백자주전자 뚜껑(우리그릇려(麗)에서 근 백만원 넘게 주고 사와 눈으로만 보다 닦아도 보는 기쁨을 누리고자 손잡이를 집어든 찰나 몸통이 박살난 허무한 놈이다).

　　　덩그러니 둥근 뚜껑에 난 작은 구멍 하나
　　　콧구멍인 양 코로 숨을 쉬게 하니
　　　구피 앉은 자리 그 막사발 위에 얹어본다
　　　어쩌다 딱이 딱 하고 들어맞는 궤다

　　　2008년 그날부터 2016년 오늘까지
　　　여직 그 모양 그대로인
　　　구피 막사발 그리고 백자주전자 뚜껑
　　　자린고비도 아니면서 밥 한술 뜨고
　　　백자주전자 뚜껑 열어 구피 한 번 보고
　　　누가 시켜서 하는 아낌이 아니니
　　　이것이 화두인가 하였다
　　　　　　　　　　　　　　　　　—「삼합」 부분

　서양식 궤도 아닌 것이 동양식 궤도 아닌 것이, 이른바 김

민정식 궤. 궤로 만든 법궤를 들고 "나는야 폴짝". 고공낙법
으로 따지면 이런 낙차가 없다. 시에서 시 아닌 것으로 뛰어
내리기. 절벽 정도는 있어야? 그런 거 촌스러운 것이라니까
요. 뭐가 언제 예고하고 닥쳐요? 그녀가 그년이 되면 된다
니까요. 그녀 이전 그년. 그거였잖아요.

취권: 결정적일 때 뒤돌아서지 않고 부딪친다는 것. 괜히
아는 체 말자는 말. 심오한 척하지 말자는 말. 벗길 것이 없
는데도 자꾸 벗긴다는 것. 벗길 것이 없는데도 벗겨지는 이
'질긴 동물'. "어쨌거나 못된 새끼/ 개새끼/ 근데 너 키운 건
나니/말해 또 뭣해"(「들고 나는 사랑의 패턴」), 제 자신까
지 유머로 산화시키기. 산화를 넘어 자신의 허위까지 집어
던지기. 가짜란 말이다. 내가 가짜란 말이다. 여기가 김민정
시의 전위이자 해방이다. 더욱 "뼈가 내는 아작 소리를 아
삭하게 묘사해야/ 고통에서 고통으로 고통이 전해질 수 있
는 거"(「엊그제 곡우」)라 해도, 그것은 전체가 아니라 부분
임은 일찍이 간파한 터.

하자, 가 아니라
하면 할게, 라는 사람이
무조건 착할 것이라는 착각으로
우리는 오늘에 이르렀다

103

(⋯⋯)

등에 배긴 그 물컹이
갓 낳은 새끼 강아지였다며
너는 이제 와 소용없는 일을
오늘의 근심처럼 말한다
쓸데없다
비는 요통처럼 절구 찧는데
　　—「비 오는 날 뜨거운 장판에 배 지질 때나 하는 생각」
　　　　　　　　　　　　　　　　　　　　　　　　부분

'아름답고 쓸모없는 말―사건'의 전모

몹시 문란하지 않으면
가족은 탄생할 수 없다

(⋯⋯)

몹시 문란하지 않으면
사랑은 탄생할 수 없다

(⋯⋯)

몹시 문란하지 않으면
이해는 탄생할 수 없다
　　　　　　　　　—「밤에 뜨는 여인들」 부분

겹침. 문란. 이동. 김민정의 시에는 말이 달리고 있다.
탁—탁—탁—턱—턱—턱—말발굽 소리. 말이란 말은 다 들어
있는, 온갖 사전을 계속 찾아보게 하는 힘.

　새로 쓰겠다. 이미 있던 생각은 허용치 않겠다. 사전적 뜻
은 날려버리겠다.
　새로 쓰겠다. "몹시 문란하지 않으면/ 국군 장교의 아내
가 될 수 없었던/ 그녀"의 일생을. 죽은 그녀가 "나를 살살
흔들어 깨우더니/ 버선 두 짝을 벗어 내게/ 내미는 것이었
다/ 잠시 바꿔 신자 어디/ 다녀올 데가 있어". 이런 둔갑을
거쳐야만 가능하다.
　모조리 뒤집겠다. 말 달리니까. 모조리 벗어던지겠다. 눈
물겨운 죽음까지. 모조리 까발리겠다. 나라는 거추장까지.
말 달린다니까!

　여기까지가 김민정의 포물선. 말발굽, 의문의 1승.

B컷/
불침번이므로
나는 없다

작지만 강력하고 소녀지만 왕다운
처녀,

(……)

앙큼하고도 알뜰하여라
상큼하고도 살뜰하여라

—「소서라 치자」 부분

부처를 때린다. 급기야 때리고야 만다.
졸라 짜증나게 약 올리는 부처도 부처냐.

—「계집이고 새끼고 깜빡이 좀 켜라」 부분

아이들의 혀는 양식이 될 만한
그 흰 것을 찾는다

(……)

기다리는 사람들인 만큼

배가 고팠으므로,

—「놋」 부분

똥꼬에 못 하나 못 두 개

—「시를 재는 열두 시간」 부분

어때 기막히지?

아뇨 코 막혀요

—「자기는 너를 읽는다」 부분

물은 죽은 사람이 하고 있는 얼굴을 몰라서
해도 해도 영 개운해질 수가 없는 게 세수라며
돌 위에 세숫비누를 올려둔 건 너였다
김을 담은 플라스틱 밀폐용기 뚜껑 위에
김이 나갈까 돌을 얹어둔 건 나였다
돌의 쓰임을 두고 머리를 맞대던 순간이
그러고 보면 사랑이었다

—「아름답고 쓸모없기를」 부분

검은 정사각형의
그

—

　—　　없음

　　(……)

　　4월 20일
　　어쨌거나 네가 갔으니
　　당분간 나는 안 가겠다
　　이 정도로 우리 서로 세계를 나눠 가졌으니
　　그 단어의 그것도 잠시 잠이 들지 않겠나
　　자자, 자, 자……
　　　　　　　　　　　　　　　　　—「엊그제 곡우」 부분

　　달래는 말이며 너에게 건네는 말이며 거기의 너를 따라가
며 여기에 남아 있겠다는 말. 견디겠다는 말, 죽은 너를 내
가 감당하겠다는 말. 그 순간들에도 말의 핵은 유머로 잡고
있겠다는 말.

　　모든 것 속에 있어 어디에도 없는 그녀.

아웃트로

　　민정의 신발은 중간이 없다. 높으면 아주 높고 낮으면 아

주 낮다. 민정이 하이힐을 신었을 때. 온통 검고 굽 안쪽은
빨갛다. 그렇다고 나 혼자 생각한다. 뾰족하게 걷는다. 또각
또각 걸어와서 책과 교정지가 잔뜩 든 커다란 가방을 내려
놓는 동시에 하이힐 신은 발을 옆으로 눕힌다. 단화를 신은
민정은 영락없이 초등학교 2학년이다. 순정 이전 순진이다.
단화를 신고 와 언니〜 그럴 때 민정은 달라지는 것이 없다.
"어른은 어렵고 어른은 어지럽고 어른은 어수선해서/ 어른
은 아무나 하나 그래 아무나 하는구나" 했다가, "엄마가 되
면 어른이 될 수 있을까/ 엄마만 되면 헌책방을 해도 될까
나"(「'어른이 되면 헌책방을 해야지'」) 자문한다. 새책방 말
고 헌책방 하고 싶은 그 사람이 김민정이다.

내가 휴대폰에 저장한 이름은 고산민정이다. 고산민정은
순정민정과 같은 뜻. 나는 민정이 언니〜 하고 부르는 곳에
언니로 있고 싶다. 민정이 넘실넘실 올 때 고산민정이 이곳
에서 공기가 희박해졌구나, 요령이 없는 것이 아니라 요령
부림은 제 것이 아니라서 요령부득이 되었구나, 사방이 요
령 소리로 가득하겠구나, 그렇게 알아차리고 싶다. 사방에
소리와 색이 차오르겠지만 자신의 안을 향해 달려오는 말
발굽이 민정을 지키는 민정의 시라고 알아차려주면 좋겠다.
탈 수는 없을 것이다. 그러나 말발굽은 몸 없이도 달리는 가
장 신나는 모험의 그것이 아니던가. 민정은 음모와 말발굽
과 오월의 바람이 같은 재질이라는 것을 알고 있지 않던가.

이렇게 쓰는 시간에도 나는 여전히 정말 모르겠다. 김민정을. 그러나 하나는 알겠다. 이 세상에 없던 방식으로 시를 써보고 싶은 시인. 세상에 없던 사랑을 발명해보고 싶은 사람. 그래서 자주 혼자에 갇히는 시인-사람.

양망이라 쓰고 망양으로 읽기까지

메마르고 매도될 수밖에 없는 그것

사랑이라

오월의 바람이 있어 사랑은

사랑이 멀리 있어 슬픈 그것
                              ─「근데 그녀는 했다」 전문

이런 김민정 있어, 한국 현대시사(詩史)는, 끝없이 먼바다에 던져지는 〈아름답고 쓸모 있는〉 그물을 가지게 되었다.

그러므로,

저멀리로부터 '시-김민정'은 내내 돌아오고 있어라.

김민정 1976년 인천에서 태어났다. 중앙대 문예창작학과 및 동대학원을 수료했다. 1999년『문예중앙』신인문학상을 통해 등단했다. 시집『날으는 고슴도치 아가씨』『그녀가 처음, 느끼기 시작했다』, 산문집『각설하고,』가 있다. 박인환문학상, 현대시작품상, 이상화시인상을 수상했다.

— 문학동네시인선 084
아름답고 쓸모없기를
ⓒ 김민정 2016

— 1판 1쇄 2016년 6월 30일
1판 15쇄 2024년 4월 19일

지은이 | 김민정
책임편집 | 황예인
편집 | 김내리 도한나
디자인 | 수류산방(樹流山房) 본문 디자인 | 유현아
저작권 | 박지영 형소진 최은진 서연주 오서영
마케팅 | 정민호 서지화 한민아 이민경 안남영 왕지경 정경주 김수인 김혜원
          김하연 김예진
브랜딩 | 함유지 함근아 고보미 박민재 김희숙 박다솔 조다현 정승민 배진성
제작 | 강신은 김동욱 이순호
제작처 | 영신사

펴낸곳 | (주)문학동네
펴낸이 | 김소영
출판등록 | 1993년 10월 22일 제2003-000045호
주소 | 10881 경기도 파주시 회동길 210
전자우편 | editor@munhak.com
대표전화 | 031) 955-8888 팩스 | 031) 955-8855
문의전화 | 031) 955-2696(마케팅), 031) 955-2678(편집)
문학동네카페 | http://cafe.naver.com/mhdn
인스타그램 | @munhakdongne 트위터 | @munhakdongne
북클럽문학동네 | http://bookclubmunhak.com

ISBN 978-89-546-4003-9 03810

www.munhak.com

문학동네